I0548013

Gannal.

T56
56

CHARPIE VIERGE

PAR GANNAL.

A MM. les Ministres de la Guerre et de la Marine et au Conseil Général des Hôpitaux Civils.

Messieurs,

J'ai l'honneur de vous adresser un résumé de mes travaux sur la *Charpie vierge*. Comme vos efforts tendent toujours vers le bien-être de l'humanité, et surtout vers les économies que l'on peut obtenir dans les dépenses, je pense que mes propositions méritent de fixer votre attention. En m'occupant de ces recherches, je n'étais pas guidé par des idées spéculatives, je me suis posé en philanthrope cette question : Quels seront les ressources de nos ambulances et de nos hôpitaux en cas d'urgence ? J'ai donc cherché à améliorer la qualité de la charpie actuellement employée; j'ai cherché à simplifier les procédés de fabrication pour qu'on puisse toujours s'en procurer la quantité nécessaire; enfin, j'ai disposé le système général de fabrication de manière à apporter dans les dépenses la plus grande économie.

Déjà les administrations et les corps savants ont examiné ce produit nouveau; les plus célèbres praticiens en conseillent l'usage. Il ne reste plus qu'à constater ces faits et vous prier d'ordonner son emploi dans tous les services soumis à votre autorité.

Agréez, etc.   G.

CHARPIE.

La charpie (*carbasus linamentum*) est le fil de toile usée employé dans le pansement des plaies. La charpie usuelle fut d'abord du lin façonné, mais on en fit aussi avec le chanvre préparé; dans la suite on employa la toile usée et effilée de l'un et de l'autre de ces deux végétaux. Il paraît qu'il y avait chez les contemporains d'Hippocrate, comme il y a de nos jours chez quelques-uns de nos voisins (et chez nous), des fabricants et marchands de charpie, bandages, etc.

La consommation de charpie est énorme dans les hôpitaux et aux armées. Le gouvernement dépense des sommes considérables pour cet approvisionnement, de la difficulté duquel on se plaint tous les jours, quoique tous les jours on fasse du vieux linge. Il est vrai que jamais on n'usa plus de papier et l'on sait que ces deux fabrications sont rivales l'une de l'autre (1813).

Ce n'est pas une chose indifférente d'avoir de la bonne charpie. Celle que l'on se procure chez les Israélites, entrepreneurs assez ordinaires de cet article, est suspecte; on la croit sujette à inoculer la gale. Celle qu'on tire des maisons de reclusion, des dépôts de mendicité, des hospices d'enfants trouvés, n'est guère plus propre; elle peut aussi donner la gale. *Il faut se défier de celle qu'on a coutume de faire faire aux malades* DANS LES HOPITAUX, vu la malpropreté habituelle des mains qui la travaillent, et l'état de saleté des couvertures et des draps sur lesquels elle repose pendant sa confection.

Le mauvais linge donne de la mauvaise charpie, celui des prisons, celui des vieux magasins : le linge hors d'usage, de rebut et de réforme des hôpitaux et des casernes, risque de produire une charpie imprégnée de miasmes malfaisants, surtout n'étant qu'imparfaitement nettoyé et blanchi.

La charpie entassée dans des tonneaux en un lieu humide, se pique, moisit, fermente, se putréfie; déposée trop près des salles, des latrines, de la boucherie, de la chambre des morts, elle contracte des qualités non moins nuisibles; c'est un excipient facile des effluves morbides, et de tous les germes de contagion. Il est même dangereux d'en tenir, selon la routine de quelques hôpitaux, trop à la fois, et trop longtemps d'avance dans des armoires d'infirmeries, où elle est souvent pêle-mêle avec le linge sale, avec des restes d'aliments et autres objets immondes qui ne peuvent que la contaminer.

De la charpie conservée depuis plusieurs années dans l'intérieur de l'Hôtel-de-Dieu de Paris et à portée des salles, fut distribuée aux blessés de l'une des journées sanglantes de la révolution; chez la plupart elle envenima les plaies et y attira la pourriture dite des hôpitaux. *Cette observation qui est de M. le professeur Pelletan « se trouve singulièrement conforme à ce qui est arrivé dans ce même hôpital après les journées de juillet 1830. Les ouvriers frappés de la mortalité dans cet établissement accusèrent les sœurs de les empoisonner, et nous*

«eûmes bien de la peine à les calmer, tout en leur expliquant la
«cause véritable de cette calamité.»

Trop long-temps renfermée, et tenue hors du contact de
l'air et de l'influence de la lumière, la charpie finit par ac-
quérir l'odeur de l'hydrogène sulfuré, ou tout au moins cette
odeur fade, nauséabonde, qui tient de celle de l'urine croupie
et de la punaise, et dont on est si désagréablement frappé
dans l'habitation de pauvres gens qui ont des enfants.

De tous les objets composant un appareil, c'est la charpie
seule qui touche immédiatement la surface dénudée, plaie
ou ulcère; on ne saurait donc trop s'attacher à la bien choi-
sir, et à l'avoir exempte de toutes souillures. Il faut qu'elle
soit faite avec de la toile mi-usée et extrêmement propre de
lin ou de chanvre; *le coton est mauvais et nuit presque toujours
aux plaies;* les brins dont il est formé ont trop de roideur,
d'élasticité et trop de pointes; ils irritent et enflamment.
D'ailleurs, le coton absorbe mal le pus et ne peut prendre
les formes qu'on a besoin de donner à la charpie. — La laine
est pire encore; chaque poil a comme des aiguillons et des
écailles qui causent une souffrance insupportable.

Les chirurgiens du nord, et en particulier ceux de Prusse
et de Russie, ne se servent pas de notre charpie; ils en ont
qui est faite avec du lin ou du chanvre très soigneusement
préparé. Ils la disposent par couches ou grands plumeaux,
en paquets d'un demi-kilogramme chacun; ces paquets sont
très portatifs et d'un usage extrêmement profitable surtout
en campagne.

Les Anglais ont depuis long-temps inventé une sorte de
charpie, si toutefois on doit appeler ainsi une préparation
dans laquelle il n'entre point de linge effilé. Ils ont été pendant long-temps en possession d'en fournir au reste de l'Eu-
rope, excepté à la France, qui du moins pour cette provi-
sion n'a pas été leur tributaire, grâce à la force de l'habitude
d'une part, et de l'autre à la sagesse des grands praticiens
qui ne se sont pas laissé éblouir par une innovation aussi coû-
teuse qu'elle est séduisante, et qui n'offre pas autant d'avantages que l'enthousiasme et le génie mercantile se sont plu à
lui en attribuer.

Outre cette espèce de charpie, les Anglais en font une
autre qui est d'une blancheur éclatante et d'une finesse ad-
mirable, et jouit, de plus, d'une mollesse et d'une légèreté qui
achèvent de la rendre parfaite. Ils l'avaient d'abord regardée
comme inimitable pour nous, et ils voulaient la vendre à un
prix auquel peu de personnes eussent pu atteindre; mais en
cette occasion encore on leur a prouvé que l'industrie française n'était pas inférieure à celle d'Angleterre, et on leur a

montré de la charpie faite en France, qu'ils ont cru être de
la leur même. Les peuples septentrionaux connaissent le pré-
tendu secret de l'une et de l'autre, mais ils s'en tiennent à
la première espèce, comme moins chère et plus facile à
préparer; je n'en ai pas vu d'autre dans leurs armées.

Celle des Prussiens est si grise qu'on la prendrait pour du
lin ordinaire. Les Bavarois se sont servis pendant quelque
temps de charpie anglaise, mais ils y ont renoncé pour
revenir à celle du linge usé, qui chez eux est généralement
très belle : on ne peut pas en dire autant de la charpie des
Autrichiens, qui est presque partout aussi grossière que mal
préparée, dans leurs hôpitaux militaires. On doit avoir deux
sortes de charpie : l'une grossière et commune, dont on se
servira extérieurement c'est-à-dire, loin et hors de la plaie
ou de l'ulcère; on la nomme charpie brute; l'autre est fine
et choisie, qui sera destinée au pansement, et comme l'on dit,
pour le dessous de l'appareil. La première ménage la seconde;
elle épargne beaucoup de frais et peut se trouver partout.

L'essentiel c'est que les chairs et les surfaces ulcérées soient
mollement couvertes, et mises à l'abri de l'air avec une charpie
douce et propre; il faut prendre garde d'appliquer à nu sur
la plaie soit une étoupe trop grossière, soit, à plus forte
raison, de la laine non dégraissée, dans la crainte d'y déter-
miner de l'irritation, du prurit et même un érysipèle.

M. le baron Larrey a attribué en grande partie les brillants
succès qu'il a eus en Égypte, à la bonté de la charpie qu'il y
avait pour panser les blessés. Cette remarque ne doit pas être
perdue pour les chirurgiens. Parmi ceux de notre temps on
n'en voit que trop qui ne savent panser qu'à sec, quel que
soit l'état de la plaie, et qui ne paraissent pas même se douter que la charpie doive quelquefois être appliquée autre-
ment. C'est un abus qui a remplacé celui des onguens, et
qui est presque aussi dangereux.

Autrefois on mettait trop d'importance à peigner la charpie,
à faire des plumaceaux dans lesquels un fil ne passait pas
l'autre, et dont les bouts liés et proprement retroussés,
étaient aplatis par une forte compression. C'était de même
un grand abus dont chacun connaît les inconvénients.

On ne se sert guère deux fois de la même charpie; dans certains hôpitaux on recueille après les pansements celle qui n'a
pas été tachée ni mouillée. *Les bonnes sœurs ont l'attention
de l'exposer à l'air avant de la donner aux chirurgiens comme
nouvelle, et cela diminue d'autant la consommation.* Dans quelques-uns de nos hôpitaux, les administrateurs exercent la
même économie, sans même prendre ces précautions, ou
bien ce sont des subalternes avides de gain, qui l'exercent

pour leur propre compte et profit, revendant cette charpie à un prix médiocre, en comparaison de celui qu'on alloue aux directeurs et entrepreneurs pour la charpie neuve. — Cet usage offre des dangers, car, quoique la charpie qu'on sépare de celle qui a touché les plaies ne soit en apparence ni souillée ni humide, elle n'en est pas moins pénétrée de la transpiration du membre et des effluves de la surface ulcérée, et comme elle sera peut-être dans les pansements d'autres blessés appliquée immédiatement sur celle-ci, ne doit-on pas craindre qu'elle y fasse une impression plus ou moins fâcheuse? elle peut inoculer plus d'une espèce de maladie, c'est un fait dont il n'est plus permis de douter.

Après la bataille de Wagram, la ville de Vienne étant remplie d'hôpitaux, et ne pouvant subvenir que difficilement à leurs besoins, on lava et relava la charpie; mais on ne put le faire avec assez de soin, et les plaies en souffrirent beaucoup. La plupart furent affectées de la pourriture d'hôpital, qui exerça les plus grands ravages parmi les blessés, et c'est à la charpie mal désinfectée que l'on est redevable de ce redoutable fléau. Trop souvent la charpie sert de véhicule à plus d'une espèce de virus, et l'on commit une bien grande faute en permettant de faire servir une seconde et une troisième fois de la charpie qui sortait de dessus des plaies en état de pourriture d'hôpital! Il fallait que les chefs de service veillassent à ce qu'elle fût sequestrée et qu'elle disparût pour toujours. Mais cette proscription ne doit pas s'étendre aux compresses et bandes qui ont servi aux pansements, parce que, selon le jugement de la faculté de médecine de Paris, dans sa réponse au ministre directeur de l'administration de la guerre, ces linges sont très susceptibles d'être assainis et désinfectés par une simple *lessive muriatique, qui d'ailleurs* LEUR IMPRIME UNE VERTU ANTI-SEPTIQUE *dont les plaies en état de pourriture ne peuvent que se bien trouver.*

Signé PERCY.

Ce qui précède est extrait d'un article écrit par le père de la chirurgie française, et la vénération que nous eûmes toujours pour ce célèbre praticien et que nous croyons partagée, nous a fait penser qu'il était préférable pour la défense de notre cause, de copier son dire plutôt que de parler nous-même.

Il est d'ailleurs positif que depuis que cet article a été écrit, les difficultés de se procurer de la charpie ont journellement augmenté; les causes en sont évidentes : depuis 1814, époque où la paix levant les obstacles entravant le commerce, inonda le continent de coton, la consommation de la toile diminua considérablement; dès lors, la charpie devenant plus rare de jour en jour, son prix s'éleva en proportion. Le ministère de la guerre peut fournir la preuve de ces assertions. Avant 1815, et même durant les guerres de 1809 à 1814, la charpie de première qualité n'était payée que 2 fr. le kilogramme, et les versements annuels pouvaient s'élever à 10 ou 12 mille kilogrammes. Aujourd'hui les marchés se font à 3 fr. 50 cent., et l'on ne trouve pas de fournisseur qui prenne l'engagement d'en fournir au-delà de 2 ou 3 mille kilogrammes par an. Ces faits sont d'une haute importance pour les départements de la guerre et de la marine et pour les hôpitaux civils.

En 1815, malgré les approvisionnements qui étaient de plus de 30 mille kilogrammes, malgré les fournitures extraordinaires, tirées des départements de la Sarthe, de la Charente et d'Ille-et-Vilaine et des ateliers établis à Paris par les soins de l'ordonnateur Walville, enfin, malgré l'immensité des dons volontaires, les blessés manquèrent de charpie sur plusieurs points. Cette privation, qui s'est reproduite dans les armées trop fréquemment, serait surtout à redouter aujourd'hui s'il survenait une déclaration de guerre. Car nous sommes dans l'impossibilité physique de nous procurer, dans l'espace de trois mois, la quantité de charpie nécessaire au service des ambulances pour une seule bataille sérieuse. N'avons-nous pas dans notre expédition d'Afrique, et plus récemment au siége d'Anvers, la preuve de ce fait? L'administration de la guerre se trouverait dans le plus grand embarras et dont aucun sacrifice pécuniaire ne pourrait la tirer. En effet, rappelons-nous la suite des journées de juillet où la population de Paris fut occupée à confectionner de la charpie et du linge de pansement, et où malgré l'empressement et la quantité de dons volontaires, un hôpital fut obligé de faire usage de charpie qui avait déjà servi, et eut à en déplorer les suites malheureuses.

Tant de graves inconvénients attachés à l'usage exclusif de la charpie de linge, excitait depuis long-temps la sollicitude de l'administration de la guerre, lorsque M. Gama, chirurgien en chef et premier professeur du Val-de-Grâce, entreprit des essais pour y remédier, en substituant à la toile à demi usée, le chanvre brut blanchi au chlore, peigné de manière à en rendre le brin très souple, et susceptible de former des plumasseaux spongieux propres à absorber convenablement le pus.

Mais ces tentatives, comme celles qui ont été faites par d'autres personnes, et notamment par Cadet-Devaux, n'ont donné qu'un produit de qualité inférieure, et dont le prix est plus élevé que celui de la charpie ordinaire.

A la sollicitation de M. Gama, je me suis occupé de ce travail et suis parvenu, à l'aide de quelques manipulations chimiques, à fabriquer en peu de temps et en toute proportion, une *charpie vierge* d'une blancheur éclatante, souple, douce au toucher, sans nœuds ni cordes, exhalant une légère odeur de chlore, qui neutralise les émanations putrides des salles et facilite la guérison des plaies, en prévenant toute absorption de principe nuisible, susceptible d'être inoculé. On peut en avoir une partie sans chlore pour les plaies récentes.

Sa pésanteur spécifique étant moindre que celle de la charpie ordinaire, donne une économie de plus du tiers dans les services. Cette économie est encore augmentée par le mode d'emballage que permet la *charpie vierge*. Étant cordée, on en fait des ballots de 200 kilogrammes qui ne ne coûtent que 3 francs d'emballage; tandis que la charpie ordinaire revient bien plus cher, puisqu'on est obligé de la mettre dans des barils qui coûtent 3 fr. 50 cent. outre l'emballage, et qui n'en peuvent contenir que 50 kilogrammes, frais qui sont encore augmentés par l'extrême difficulté du chargement, résultant de leur forme et de l'espace qu'ils occupent, pour un poids de matière beaucoup moins considérable.

Les chefs des administrations, auxquels j'ai plus spécialement l'intention de signaler ces avantages, ne doivent point se laisser abuser par les moyens actuellement employés dans quelques établissements afin d'assurer le service : un examen sérieux ferait sans doute cesser des abus aussi préjudiciables aux intérêts du trésor que funestes aux malheureux, qui d'ailleurs méritent toute leur sollicitude.

Il a été fait une série d'essais pour constater les avantages et les inconvénients que l'introduction de la *charpie vierge* pourrait produire dans les hôpitaux. J'ai l'honneur de mettre sous vos yeux les rapports qui ont été faits à ce sujet par les divers corps savants qui ont examiné ce produit.

Rapport fait par MM. Serres et Magendie à l'Académie royale des Sciences, sur la charpie fabriquée par M. Gannal.

Au mois d'août 1831, M. Gannal a présenté à l'Académie divers échantillons de charpie qu'il annonçait comme pouvant être substituée avec avantage à la charpie de vieux linge, habituellement employée par les chirurgiens.

MM. Dupuytren, Serre et Serullas furent alors nommés

commissaires pour en faire l'examen; mais la mort de M. Serullas et les devoirs imposés par le choléra à ses deux collègues empêchèrent la commission de se réunir, et par suite il ne fut point fait de rapport.

Sur une réclamation récente de M. Gannal, l'Académie a nommé une nouvelle commission, et nous a chargé, M. Serres et moi, d'examiner la charpie présentée par ce chimiste.

Le produit qui nous a été remis sous le nom de *charpie vierge* n'est pas autre chose que du chanvre roui, blanchi au chlore et peigné plus ou moins, de manière à obtenir des degrés différents de finesse; et comme on est libre de couper ce chanvre à la longueur que l'on désire, on fabrique ainsi de la charpie plus ou moins longue, ce qui est d'une grande utilité pour les pansements. A raison de la ténuité des brins qui la composent, cette charpie peut tantôt occuper un volume considérable sous un poids donné, ce qui amène une grande économie dans son emploi, et tantôt être réduite par la pression à un très petit volume, ce qui favorise son transport et son emmagasinement. Mais le principal mérite de cette charpie est d'être une matière vierge, qui n'a pu, comme il arrive trop souvent au vieux linge, surtout dans les hôpitaux, hospices, prisons, etc., s'imprégner de matières putrescibles et dans certains cas contagieuses, et de pouvoir ainsi être employée avec toute sécurité sous le rapport hygiénique.

Enfin, et comme complément important des avantages que présente la charpie de chanvre, nous ajouterons qu'on peut facilement et promptement s'en procurer des quantités considérables et à un prix modéré, conditions qui n'existent plus aujourd'hui pour la charpie ordinaire, à raison de l'extension toujours croissante de l'usage des tissus de coton, et par conséquent de la rareté progressive du vieux linge de chanvre et de lin, rareté qui est telle, qu'en cas de guerre d'une certaine durée, il deviendrait impossible de s'en procurer pour aucun prix la quantité nécessaire, et qu'il faudrait forcément recourir à d'autres moyens, ainsi que l'ont plusieurs fois exprimé les plus célèbres chirurgiens militaires, et en dernier lieu MM. Gama et Mayon. C'est en grande partie pour ce même motif que les Anglais fabriquent une étoffe particulière destinée au pansement des plaies.

Après avoir tracé rapidement les avantages qu'offre la *charpie vierge*, nous dirons avec une égale brièveté (car de semblables détails ne sont guère du ressort de l'Académie des Sciences) les inconvénients qui ont été remarqués par toutes les personnes qui en ont fait usage, en y comprenant vos commissaires.

La charpie de chanvre s'imbibe difficilement des liquides que fournissent les blessures, de telle sorte que le pus, par exemple, séjourne sur la surface qui le sécrète pendant l'intervalle des pansements ; elle adhère trop fortement aux bords et aux alentours des plaies, d'où résultent des tiraillements douloureux toujours nuisibles lors de la levée de certains appareils.

Le chlore qui imprègne cette charpie et qui peut avoir de très bons effets en cas de pourriture d'hôpital ou d'ulcères atoniques, a eu aussi dans certains cas l'inconvénient grave d'exciter trop fortement les plaies récentes et de causer de vives douleurs aux blessés. Mais rien n'étant plus facile que d'enlever au chanvre ce qu'il retient de chlore, indiquer cet inconvénient c'est en quelque sorte le faire disparaître. Déjà même M. Gannal prépare une charpie qui n'exhale plus aucun indice de chlore.

L'emploi du chanvre comme moyen de panser les plaies de l'homme et des animaux est aussi ancien que la chirurgie et la science vétérinaire. L'idée même de blanchir cette matière par le chlore, avant de la transformer en charpie, a déjà été mise en pratique par plusieurs personnes, notamment par MM. Cadet-Devaux et Gama ; ainsi le mérite de M. Gannal consiste dans cette circonstance à fabriquer et à pouvoir fournir en telle quantité qu'on voudra, et à bas prix, une charpie blanche, fine, légère, longue ou courte, exempte de toute matière animale nuisible, d'un transport commode et d'un emploi facile. Que M. Gannal donne à son produit plus de souplesse, qu'il le rende plus prompt à s'imbiber, et nous ne doutons pas que l'usage de sa charpie vierge ne se répande promptement, surtout dans les hôpitaux militaires et civils.

Nous avons l'honneur de proposer à l'Académie de remercier M. Gannal de sa communication, en l'engageant à continuer un genre de recherches aussi honorables qu'utiles.

Signé à la minute SERRES et MAGENDIE, *rapporteurs.*

L'Académie adopte les conclusions de ce rapport certifié conforme,

Le secrétaire perpétuel pour les sciences naturelles,

Signé FLOURENS.

Copies des Certificats de Messieurs les Chirurgiens de l'Hôtel-Dieu et des hôpitaux civils de Saint-Louis et Saint-Antoine, sur la Charpie de M. Gannal.

J'ai employé, au pansement des blessés des derniers jours de juillet, de la charpie dite *vierge*, faite avec du chanvre roui et passé au chlore, dont elle retient fortement l'odeur.

Cette *charpie vierge* a le grand avantage de ne provenir d'aucun tissu antérieurement employé à des pansements, et de n'être pas préparée dans les hôpitaux, d'où il résulte qu'elle ne saurait, comme la charpie ordinaire, introduire dans les plaies le germe d'aucune infection.

Mais elle a le désavantage de ne pouvoir, formée qu'elle est de filaments d'une longueur démesurée, prendre que très difficilement la forme de plumasseaux, des boulettes et autres formes nécessaires aux divers usages pour lesquels elle est employée en chirurgie; cet inconvénient pourrait être évité en donnant à la *charpie vierge* des longueurs de quatre, six, huit ou dix pouces, suivant les usages auxquels elle serait employée.

Un autre inconvénient, auquel il serait peut-être plus difficile de remédier, c'est l'adhérence intime qui s'établit entre cette charpie, les bords et les parties voisines des plaies; adhérences qui rendent difficile et quelquefois douloureuse la levée de certains appareils. Le chlore dont cette charpie est imprégnée pourrait prévenir la pouriture et stimuler les plaies languissantes, ce qui est un avantage précieux; mais il pourrait exciter trop vivement aussi les plaies ordinaires, et surtout les plaies récentes; ce qui a été plusieurs fois observé en août et septembre sur des malades auxquels elle causait de vives douleurs, accompagnées de suppurations abondantes et rougeâtres.

D'où il résulte qu'il faudrait de la charpie sans chlore et de la charpie chlorée, ou chlorurée.

Pendant l'usage qui a été fait de cette charpie, il a été fréquemment observé qu'elle retenait quelques parties ligneuses du chanvre d'où elle était extraite; ce qui causait de vives douleurs aux malades. Ces restes de parties ligneuses du chanvre, dans la *charpie vierge*, tiennent à un défaut dans la préparation; il serait facile de l'en dépouiller.

En définitive, les avantages que présente l'usage de cette charpie me semblent l'emporter sur ses inconvénients, s'il peut être fait droit à mes observations.

Signé baron DUPUYTREN.

Paris, le 25 février 1831.

Je soussigné, docteur en chirurgie, chirurgien de seconde classe à l'Hôtel-Dieu, certifie que j'ai employé sur un malade affecté d'une vaste plaie avec perte de substance, la *charpie vierge* de M. Gannal, que j'ai fait usage de celle qui est encore imprégnée d'une petite quantité de chlore ; que la moitié de la plaie ayant été pansée avec cette charpie, j'ai pansé l'autre moitié avec la charpie ordinaire, afin d'avoir un terme de comparaison ; la partie pansée avec la *charpie vierge* est restée plus rouge et plus animée que l'autre ; que les bourgeons charnus de cette partie végètent avec moins de force, de sorte qu'il est moins nécessaire de les réprimer avec la pierre infernale ; d'où il résulte que non-seulement la *charpie vierge*, légèrement imprégnée de chlore, est aussi bonne que l'autre ; mais qu'encore elle exerce sur les plaies dont les bourgeons tendent à végéter une action répressive salutaire.

Signé SANSON.

Paris, le 22 février 1831.

Je n'ai pas employé dans le service chirurgical de l'Hôtel-Dieu, qui m'est confié, la charpie de M. Gannal, parce qu'il ne m'a pas été remis de cette charpie ; mais mon confrère, M. Sanson, m'a fait voir les résultats qu'il obtenait de cette charpie en l'employant dans son service, et je me fais un devoir de reconnaître que les effets produits sont tels que M. le docteur Sanson le déclare dans son certificat.

Signé BRECHET.
Chirurgien ordinaire de l'Hôtel-Dieu.

Paris, le 12 mars 1831.

Je soussigné chirurgien adjoint de l'hôpital de Saint-Louis, atteste que la *charpie vierge* de M. Gannal convient mieux que la charpie de linge usé pour certains pansements, mais que celui-ci convient mieux pour d'autres. En conséquence, je pense que l'administration des hôpitaux fera bien d'en réunir toujours des deux espèces dans toutes les maisons confiées à ses soins.

Signé GERDY.

Paris, le 2 novembre 1830.

Je soussigné chirurgien en chef de l'hôpital Saint-Antoine, certifie avoir examiné la charpie qui m'a été adressée par

M. Jourdan, et ne la trouve applicable que pour mettre à l'extérieur des appareils ou faire des remplissages.

Signé Jules CLOQUET.

Pour copie conforme,

Le secrétaire général de l'administration des hôpitaux,

Signé THUNOT.

Paris, le 27 septembre 1830.

Monsieur,

J'ai fait faire dans les hôpitaux militaires de la Belgique l'essai de la charpie que vous m'avez adressée dans le courant du mois dernier. Les résultats de cette expérience ont été satisfaisants, et je désirerais, en conséquence, que vous me fissiez connaître le prix auquel il vous serait possible de nous livrer le quintal de votre charpie rendu à Bruxelles.

Le ministre directeur de la guerre,

Signé baron EVAIN.

Bruxelles, le 13 septembre 1832.

Copie d'une lettre de M. Valdruche, secrétaire général de l'administration des hospices civils de Paris, à M. Gannal.

Monsieur,

Le conseil général des hospices a décidé, dans sa séance de ce jour, qu'il ne passerait aucun marché pour l'achat de la *charpie vierge;* mais il se propose de vous faire des demandes lorsque le service l'exigera.

Veuillez agréer, etc.

Signé VALDRUCHE.

Paris, le 23 mars.

Copie d'une lettre du ministre de la guerre à M. Gannal.

Vous m'avez adressé, Monsieur, le 6 de ce mois, en me priant de le faire examiner par MM. les membres du conseil de santé militaire, un nouvel échantillon de chanvre-charpie préparé par vous, et que vous avez pensé ne devoir plus offrir les imperfections que MM. les officiers de santé en chef des hôpitaux de Metz, Strasbourg et Lille avaient signalées en constatant les résultats des essais comparatifs qui ont eu lieu dans ces établissements, et, d'après mes ordres, de vos premières fournitures en ce genre. Votre intention serait, dites-vous, si l'avis du conseil de santé vous est favorable, de vous en prévaloir près de son excellence le ministre de la marine, à qui vous proposez de faire des offres de fournitures.

Voici quel est, à cet égard, l'opinion du conseil de santé militaire auquel votre nouvel échantillon et les procès-verbaux d'essais ont été adressés en même temps :

«Le premier échantillon du chanvre-charpie qui avait été «présenté par M. Gannal offrait, en effet, quelques incon-«vénients auxquels il était très nécessaire de remédier : par «exemple l'odeur du chlore était trop forte; de petits pe-«lotons se trouvaient disséminés dans cette charpie, qui ne «présentait pas tout le moelleux et la souplesse désirables. «Le nouveau travail de M. Gannal n'offre plus les imperfec-«ations reprochées au premier. Son dernier échantillon de «chanvre-charpie est beau, blanc, souple et a presque perdu «totalement l'odeur du chlore que donnait l'ancien. Le «conseil de santé estime, en conséquence, que cette charpie «peut remplacer avantageusement celle de linge dans les «hôpitaux militaires et aux armées, sans pourtant donner «l'exclusion entière à cette dernière, que les praticiens «jugeraient à propos d'employer dans quelques circonstances «particulières.»

J'ai l'honneur d'être, etc.

Pour le ministre secrétaire d'État de la guerre et par son ordre.

Le maréchal de camp directeur,

Comte D'HAUTPOUL.

Paris, le 26 juillet 1830.

━━━━━━

Copie d'une lettre du ministre de la guerre, adressée à l'inten-dant de la première division militaire, le 7 août 1830.

Monsieur le baron,

J'ai l'honneur de vous informer que, d'après le compte qui m'a été rendu de la proposition contenue dans votre lettre du 24 juillet dernier, et sur l'avis du conseil de santé militaire, je vous ai autorisé, par décision du 13 août présent mois, à accepter les offres du sieur Gannal, pour la fourniture, au prix de 2 fr. 25 c. le kilogramme, du chanvre-charpie néces-saire au réapprovisionnement annuel du magasin central des hôpitaux.

Le marché que vous lui passerez en conséquence n'aura qu'une durée de deux ans, au lieu de cinq que demandait le soumissionnaire; et attendu que les fournitures ordinaires en charpie sont déjà assurées pour toute l'année 1830, aucun nouvel achat de ce genre ne pourra avoir lieu que l'année prochaine. L'exécution du traité commencera au 1ᵉʳ janvier 1831 et finira le 31 décembre 1832.

Les livraisons en *chanvre-charpie* auront lieu dans la proportion des quatre cinquièmes des quantités nécessaires au réapprovisionnement du magasin; l'autre cinquième se composera de charpie ordinaire dite de linge, et la fourniture en sera assurée de la même manière que celle du linge.

La fourniture à faire par le sieur Gannal devra être conforme à l'échantillon ci-joint, que j'ai fait timbrer *ministère de la guerre*, et restera déposé au magasin pour servir de type lors des réceptions.

Veuillez bien assurer l'exécution de ces dispositions et m'adresser une expédition du marché définitif que vous aurez passé au sieur Gannal.

J'ai l'honneur, etc.

Le ministre secrétaire d'État de la guerre.

Pour le ministre et par son ordre,

Le directeur général,

Signé Daure.

Pour copie conforme et notification à M. Ramond de Labastiole, sous-intendant militaire.

L'intendant en chef,

Signé baron Joinville.

Pour copie conforme, transmise à M. Gubert, officier principal d'administration, le 18 août 1830.

Le sous-intendant militaire,

Signé Ramond de Labastiole.

Copie d'une lettre de M. le baron Larrey, chirurgien en chef de l'hôpital de la garde royale (mai 1830), adressée à M. Boisseau, médecin à Paris.

Mon cher confrère,

En réponse à votre lettre, je vous envoie trois échantillons de charpie n°ˢ 1, 2 et 3. Vous pouvez y apprécier vous-même les qualités de la charpie de chacun de ces numéros, que nous avons essayés tour à tour, et comparativement sur un assez grand nombre de malades. Je ne puis que reproduire maintenant sur la charpie nouvelle, l'idée que j'avais donnée dans la note écrite que j'ai remise au directeur lors des premiers essais que nous en avions faits, c'est-à-dire, que la charpie-chanvre, telle que vous la verrez dans le paquet n° 3, peut remplacer avantageusement dans presque tous les cas la charpie ordinaire ou commune dont on se sert en général dans presque tous les hôpitaux militaires, telle que celle du paquet n° 1, qui n'est pas cependant de la première qualité.

1° Parce que celle de chanvre (2 et 3) est plus sèche, plus dure, moins flexible, moins absorbante et moins propre à former des plumasseaux de forme convenable à certaines plaies récentes et sensibles.

2° Celle du n° 3 conserve l'odeur de l'acide hydro-chlorique avec lequel on l'a blanchie; celle-ci m'a paru faire développer un travail d'irritation dans ces mêmes plaies, qualité peut-être avantageuse dans les ulcères, ainsi que nous avons eu l'occasion de le vérifier.

Celle du n° 2, qui n'a point cette odeur, n'a pas la qualité de la charpie fine n° 1, en ce qu'elle est bourrifée, cotonneuse, moins douce que la charpie fine n° 1; il serait difficile, d'ailleurs, d'en faire des plumasseaux d'une forme désirée.

Si notre charpie était faite avec du linge QUI NE FUT POINT USÉ ou neuf, elle aurait encore des qualités plus parfaites, ainsi que l'a dit Cadet-Devaux, dans un article imprimé, où elle est désignée sous le nom de *charpie vierge* [1]. (Je ne pourrais citer l'ouvrage où cette insertion a été faite.)

En résumé, je pense que vous partagerez mon avis : la charpie-chanvre peut remplacer la charpie ordinaire dans presque tous les cas; mais elle ne peut être préférée, pour les cas particuliers que j'ai désignés, à la charpie fine, même comme celle du paquet n° 1, que j'ai prise au hasard dans

---

[1] D'après M. Larrey.

celle dont on s'est servi jusqu'à présent à l'hôpital de la garde royale.

Voilà mon opinion sur cet objet à pansement, à laquelle il me serait impossible de rien ajouter. Croyez, d'ailleurs, au désir que j'ai de vous être agréable dans toutes les circonstances possibles, et recevez, etc. [1]

Signé baron LARREY.

D'après les rapports et les lettres cités ci-dessus, il est évident que la *charpie vierge* offre de très grands avantages aux hôpitaux civils et militaires; qu'il conviendrait que le gouvernement en ordonnât l'emploi dans ces établissements; qu'alors il serait nécessaire d'établir une fabrique de charpie au compte de l'administration, et sous sa direction, dans un établissement public, au Val-de-Grâce, par exemple, ou bien rendre public le procédé de fabrication de cette charpie, et en mettre la fourniture en adjudication.

Nous sommes persuadé que le gouvernement adoptera un de ces moyens. En conséquence, nous sommes prêt à nous rendre aux désirs des chefs des diverses administrations, et nous tenons à leur disposition le procédé particulier à l'aide duquel on peut se procurer une charpie de première qualité, qui ne coûtera pas plus de 2 francs le kilogramme, et si l'on a égard à la différence de consommation et au bénéfice d'emballage, présentera aux établissements publics une économie de plus de moitié, sur la charpie dont on se sert habituellement.

[1] Prévenus par l'habitude, les officiers de santé militaires des grades inférieurs refusèrent, pendant un temps, de faire usage de la charpie vierge. Les premiers mille kilogrammes qui leur furent adressés restèrent d'abord, mais ayant été essayés, ces messieurs y trouvèrent de tels avantages, qu'ils en voulurent à plusieurs fois, ne voulant plus en user d'autres.

Paris. — Imprimerie et Fonderie de RIGNOUX et C⁰, rue des Francs-Bourgeois-S.-Michel, 8.

www.ingramcontent.com/pod-product-compliance
Lightning Source LLC
Chambersburg PA
CBHW061508170626
46811CB00004B/1660